Simone™

Visita el
MUSEO

Por Dr. Kelsi Bracmort • Ilustraciones de Takeia Marie

Traducción de Aïda Garcia Pons

Simone visita el museo
Spanish translation copyright © 2019 Mayhew Pursuits LLC
Translation by Aïda Garcia Pons
Originally published in English under the title
Simone Visits the Museum
Copyright ©2018 Mayhew Pursuits LLC

The Library of Congress has cataloged the English edition as follows:

Publisher's Cataloging-in-Publication data

Names: Bracmort, Kelsi, author. | Marie, Takeia, illustrator.
Title: Simone visits the museum / by Dr. Kelsi Bracmort; illustrated by Takeia Marie.
Description: Washington, D.C. : Mayhew Pursuits LLC, 2018.
Identifiers: ISBN 978-0-9995685-0-7 (Hardcover) | 978-0-9995685-1-4 (ebook) | LCCN 2017916755
Summary: Simone and her mother visit the Smithsonian National Museum of African American History and Culture (NMAAHC) where Simone misplaces something of value.
Subjects: LCSH Mothers and daughters--Fiction. | Family--Fiction. | National Museum of African American History and Culture (U.S.)--Fiction. | Washington (D.C.)--Fiction. | African Americans--Fiction. | Responsibility--Fiction. | BISAC JUVENILE FICTION / People & Places / United States / African American | JUVENILE FICTION / Lifestyles / City & Town Life | JUVENILE FICTION / Family / General | JUVENILE FICTION / Art and Architecture
Classification: LCC PZ7.B7155 Sim 2018 | DDC [E]--dc23

The text for this book is set in Poppins.
The illustrations for this book are rendered digitally.

En recuerdo de mi abuela con amor, Marcelline Bracmort
—K.B.

Un sábado temprano por la mañana, Simone entró corriendo en el cuarto de sus padres y saltó en la cama para acurrucarse al lado de su madre.

-¡Buenos días mi preciosa Simone! -le dijo su madre sonriendo.

-¡Buenos días mamá! -respondió Simone.

Su madre la besó en la frente.

-Parece que hoy va a ser un día muy bonito. En cuanto tú y tu hermano Scott acaben de desayunar, vamos a terminar las tareas de la casa y luego exploraremos nuestra ciudad.

-¡Perfecto! -exclamó Simone.

A la hora del desayuno, Simone y su hermano mayor Scott se sentaron a la mesa.

-Mamá, gracias por prepararme mi avena favorita con canela, pasas y arándanos rojos. ¡Mmm! ¡Qué rico! -dijo Simone.

Scott se tragó un vaso de jugo de naranja y preguntó:

-¿Puedo añadir unos ositos de gominola en mi bol de harina de avena?

-¡Puaj! ¡Qué asco!

Su madre les miró a los dos y dijo:

-Scott, como ya te he dicho otras veces, los ositos de gominola no son para la harina de avena. Y Simone, de nada.

Al terminar el desayuno, la madre de Simone y Scott recogió los platos de la mesa.

-¿Qué tareas quieren hacer esta mañana? -les preguntó.

-Yo quiero dar de comer a Sophie. Puedo poner mi ropa sucia aparte para que luego la puedas lavar... y arreglaré mi cuarto -dijo Simone alegre.

Scott suspiró.

-Yo lavaré los platos y sacaré la basura.

-Scott, arregla tú también tu cuarto. Y por favor, trabajen en silencio para que papá duerma un ratito más -les dijo su madre.

Al terminar de ordenar su cuarto, Simone se encontró con Scott en el pasillo. Justo volvía de sacar la basura.

-¡Ya estoy! ¿Podemos ir a explorar ahora? -gritó Simone.

Su madre se les acercó desde la cocina.

-Sí -respondió-. Vamos a ir en autobús al Museo Nacional Smithsonian de Historia y Cultura Afroamericana y luego podemos almorzar algo.

Scott se encogió de hombros.

-Prefiero seguir trabajando con mi robot. ¿Puedo quedarme con papá?

-Claro -respondió su madre.

-¡Qué bien! ¡Vamos a ser sólo mamá y yo! -exclamó Simone-.
¿Puedo ponerme mis zapatillas rojas y los leggings y las gafas
de sol nuevas que me compró papá?

   -¡Claro! Ve a vestirte, por favor -le dijo su madre.

Cuando llegaron al Paseo Nacional, Simone y su madre siguieron el camino de gravilla hacia el museo. Vieron que había mucha gente pasándoselo bien. Había gente haciendo jogging, otros tomando fotos y otros jugando al frisbee.

Finalmente llegaron al museo y se pararon un rato afuera.

Simone gritó emocionada:

-¡Mamá, este edificio es enoooooorme!

-Estoy de acuerdo contigo. Es gigantesco. Seguramente vamos a necesitar un mapa del museo que nos guie hasta las colecciones y exhibiciones -dijo su madre-. A ver, ¿te acuerdas de cómo nos comportamos en un museo?

-Sí, sí, sí, sí. No me separo nunca de ti, hablo en voz baja, saludo a los trabajadores y no toco nada -intentó susurrar Simone, pero estaba tan emocionada que le salió todo en voz alta.

-Pues venga, a disfrutar -dijo su madre sonriendo.

Simone y su madre llegaron a información justo a tiempo para participar en una visita guiada. Luego dieron un vistazo a la tienda de recuerdos.

Simone y su madre no pudieron ver todas las exhibiciones, pero lo que vieron reflejaba la resiliencia y la fuerza de los afroamericanos.

De camino a la salida del museo, Simone ahogó un grito justo antes de llegar a la puerta.

-¡Oh, no! ¿Dónde están mis gafas de sol? ¡Son mis gafas preferidas! ¿Dónde las he dejado?

-No te preocupes -la tranquilizó su madre poniéndole una mano en el hombro-. Seguro que las encontraremos. Vamos a preguntar a objetos perdidos y si es necesario, podemos hacer el camino que hemos seguido a la inversa.

Simone y su madre volvieron a recepción cuando de repente las paró un trabajador del museo sonriente. En la mano tenía las gafas brillantes de Simone.

-¿Son éstas tus gafas? -le preguntó a Simone.

-¡Sí! Muchas gracias. ¿Cómo sabías que eran mías? -preguntó Simone.

-Te las vi puestas en la cabeza cuando entraste al museo. Son unas gafas muy bonitas y brillan. Otro visitante las encontró en un banco y me las dio para que las llevara a objetos perdidos. Que tengan un buen día y, por favor, vuelvan al museo otra vez.

-¡Seguro que volveremos! -dijo Simone feliz y se puso de nuevo sus gafas.

Cuando estaban afuera, Simone se puso a saltar delante de su madre, pero no llegó muy lejos y se volvió hacia ella.

—¡Fue muy divertido, mamá! Aprendí muchas cosas. Cuando me contó que las familias se separaron durante la esclavitud, empecé a extrañar a papá y Scott. Quiero saber más. ¿Cuándo podemos volver?

-Yo también aprendí mucho. Volveremos pronto y la próxima vez traeremos a tu padre y a Scott.

Simone suspiró profundamente.

-Supongo que eso estaría bien. –Simone quería a su padre y a Scott, pero también le gustaba mucho pasar tiempo a solas con su madre.

-¿Tienes hambre, Simone? Yo me muero de hambre y si no comemos algo pronto creo que me voy a desmayar. Vamos a buscar algo para comer.

Simone se rio y dijo:

-Ay, mamá, a veces eres tan exagerada.

Su madre la miró con severidad y ternura.

-Simone...

Simone se puso seria y dijo:

-Era broma.

Encontraron un café no muy lejos del museo y se sentaron afuera.

Simone preguntó:

—Mamá, ¿cómo es esa expresión de comer afuera?

Su madre dejó el té dulce encima de la mesa.

—Comer *al fresco*.

Simone pegó un bocado a su sándwich de queso caliente.

-Me gusta comer al fresco. Vemos tantas personas interesantes y cosas inusuales mientras comemos.

Su madre sirvió aderezo sobre su ensalada.

-Está bien mirar, pero no te quedes mirando demasiado tiempo. Después de almorzar podemos encontrarnos con tu padre y Scott en el parque de Anacostia y contarles lo que vimos hoy.

Simone y su madre fueron al parque en autobús. Mientras cruzaban el parque, vieron a familias que hacían verduras y hamburguesas a la parrilla. También vieron a chicos jóvenes jugando al fútbol y a un equipo femenino de remo practicando en el río de Anacostia.

-¡Mira! ¡Ahí vienen papá y Scott!
¡El día mejora por momentos!
-exclamó Simone.

Su madre abrazó a Simone y le dio un beso en la cabeza.

-Me alegro de que pudiéramos pasar el día juntas -le dijo.

Simone levantó la cabeza para mirarla y dijo:

-Yo también, mamá.

SOBRE LA AUTORA

A la Dra. Kelsi Bracmort le encanta vivir en Washington D.C. y con este libro espera poder mostrar el orgullo, la belleza y diversidad que ve en Washington D.C. todos los días. Es el deseo de la autora que este libro fuera un método para contar a los niños y niñas que viven en Washington D.C. que tienen que aprovechar cualquier oportunidad para explorar la ciudad.

SOBRE LA ILUSTRADORA

Takeia Marie es una ilustradora autónoma de Nueva York a quien le encanta trabajar con pequeñas empresas e individuales con grandes ideas. A Takeia le gustaría que este libro mostrara la espectacular cultura de Washington D.C. y que animara a los niños y niñas a explorar la magia que tienen al alcance de la mano.

CPSIA information can be obtained at www.ICGtesting.com
Printed in the USA
LVIW011448240321
682329LV00008B/62